歌集

ゆふすげ

美智子

岩波書店

目次

装　画　安野光雅「ゆふすげ」
（宮内庁所蔵）
口絵表　ゆうすげに囲まれて
平成二十五年撮影
裏　御所のゆうすげ
（いずれも宮内庁提供）

昭和　一九二首

昭和四十三年

奄美の旅

いち早く木叢《こむら》は萌ゆる緑にて照り葉まばゆき島の昼なか

海ちかく魂《たま》やすらげる島人の墓標にゆれて緑なるかげ

深みにはアンボイナの毒も秘めもてる珊瑚礁の海生きて波うつ

かつてここに星降りしと云ふ窪地《くぼち》の家幸《いへさち》求《と》むる子らの集《つど》ひて住める

吾子のため子ら採りくれし貝やどかり「やどかり博士になりませ」と云ふ

島処女《しまをとめ》らが濡《ぬ》れつつ染むるテイチ木《き》と泥土《でいど》の色の眼裏《まなうら》にたつ

昭和四十三年　七

昭和四十四年

蟹

冬の磯に蟹とりせしが楽しかりきと潮騒《しほさゐ》の窓に語る幼《をさな》ら

笛

鳩笛の含《ふふ》むが如き音《おと》のふと懐かしも鄙《ひな》に会ひたる翁《おきな》

少年

さはやかに緑《みどり》萌えたつ林にて少年はうなじ見せて物読《ものよ》む

白鷺

み堀辺に群《む》るる白鷺それぞれの種を説きたまふ鳥愛《め》づる宮は

羊歯

羊歯《しだ》のみの茂れる昔絵に見せぬ吾子のひた読む恐竜の歴史

昭和四十四年

塔

バベルの塔築きし日より言の葉も思ひも分けて民隔《へだ》たりぬ

夕茜

夕茜水底《みなそこ》深くゆらめきて古きひと年《とせ》終らむとする

昭和四十五年

歌留多

うたの道知りそめし子のまみ光り百人一首とりたしといふ

白魚

ふしたかきおゆびの間《ひま》に白魚の翻《ひるがへ》るかに動けば青し

草餅

重ね箱ひらけば並ぶ草餅によもぎが原の春日影《はるひかげ》おもふ

祭

つはぶきのあまた咲くとふ津和野路の祭は伝《つた》ふ白さぎの舞

旅

若き日の旅はろばろと尋ねゆきしエチオピア草原砂塵《さぢん》高かりき

思ひ出

遠きかの日日に心のふととべば魂《たま》うばはれて暫《しば》したたずむ

赤蜻蛉

去りゆきし夏の名残りの夕映《ゆふばえ》に赤きあきつは群《むれ》なして飛ぶ

鴨

親子鴨池にむつむを威《おど》さじと子は足忍《しの》ばせて遠回りせしと

昭和四十五年

若木

東より満ち来る光あるらしく心ほのぼのと若木に寄れり

生命

枝枝に生命《いのち》満つるか固き芽の春待つかたちみな空に向く

細枝

吹きすさぶ風に細枝《さえだ》の長くたわみ戻りし時の枝枝はみどり

白樺

春きざす白樺の林風になびき動きつつ一枝《いつし》緑なしけり

明治神宮御鎮座五十年にあたり

眼裏《まなうら》に顕《た》ち来る空の浅みどりかの日おほみ歌そらんじ初めぬ

明治天皇御製「あさみどり澄みわたりたる大空の広きをおのが心ともがな」

昭和四十六年

舞

こゆき舞ふ賢所《かしこどころ》の回廊を進みます君が黄丹《わうに》の御袍《ごはう》

をとめ

苦しみも清冽《せいれつ》に濁りあらざりき学び舎《や》にゐてをとめなりし日

春日

さかえゆくもの漲《みなぎ》らひ春日《はるび》さす丘辺《をかべ》萌ゆがにれんげうの咲く

風

吹く風に緑の色のあるかとも芽吹く林の小道に入りぬ

合歓

訪《と》ふごとに葉を閉ぢしめて遊ぶなり御園《みその》の果ての合歓《ねむ》の一本《ひともと》

千鳥

ナイルの水羽にひたしてその卵炎天に守る千鳥ありとふ

白菜

君と来《こ》し海近き村畦《あぜ》に会ひし農婦白菜を見せて笑《ゑ》まひぬ

昭和四十七年

紅梅

ひと時《とき》を御《おん》まなざしに守られて紅梅の蕾《つぼみ》解《ほ》ぐるる如し

芽

みづみづとさあれ危ふく幼な子に萌え芽ぐむものの限りもあらず

青

紺青の空に向かへる若木の枝誇《えだほこ》らかにして新芽《しんめ》をまとふ

柳

若芽萌ゆる柳細枝《ほそえ》のしだり枝《え》に隠れて小さき子の手の招き

光

昼盛る御園《みその》の大《おほ》き桜木の花ことごとく光り映《は》えたる

藤

松《まつ》見草《みぐさ》花房垂れをり下蔭《したかげ》に明石《あかし》姫君たたずますがに

鮎

初夏《はつなつ》の清き流れに光り泳ぎ藻《も》に競ひ寄る若き鮎むら

七夕

吾子ら寝《い》ねて静寂《しじま》にかへる殿の軒《のき》七夕の笹ややに傾《かし》げる

露

おそ夏《なつ》の野路《のぢ》の夕暮れ露さはにふふむ野花の花冠《くわくわん》のゆらぎ

柿

君愛《め》づるひなの地よりの樽柿《たるがき》を持ちくれし人心優《こころやさ》しも

石

南極のさま珍しき石の上に新年《にひとし》ちかく朱《しゆ》の鶴を置く

昭和四十八年

暦

アミアンの大聖堂の壁に刻む農夫十二ケ月の労作ごよみ

泉

果《は》てもなき沙漠といふもいづくにかひそみて湧《わ》ける泉をもてり

桐の花

思ひ出に一本《ひともと》の桐立ちてゐるひなに疎開の家のさ庭に

鈴蘭

静かなる園《その》の夕《ゆふべ》に暮れ残るすずらん揺れて鳴るかと思ふ

胡桃

りすの子が運びなづみて置きゆきしか思はぬ方《かた》に見つけしくるみ

雁

かり鳴くはよろこびかはた嘆《なげ》きかと野辺に歌ひし幼な日の夕

大根

大《おほ》きなるすずしろを抜く翁媼《おきなおうな》犬も手伝ふ北国の民話

古都

みこもりの僧の手になる紙椿数《かみつばきかず》増《ま》して近き古都の春思ふ

昭和四十八年

車窓

車窓遠く灯《ひ》ともしそめし家家のなべて故里《ふるさと》の温《ぬく》みに明《あ》かる

川辺

総身《そうしん》に水したたらせ大き牛佇《たたず》みゐたり熱帯の川辺

マレーシア

朝風

たまゆらをいにしへの花揺らぎ顕《た》つアルハンブラの朝風の中

昭和四十九年

梅林

みはるかす梅林の辺《あた》りほのかにも紅《くれなゐ》こめて春はきざし来《く》

春めく

たなうらにまとひ来る陽の柔らかき温《ぬく》もり持ちて春めくあした

うなぎ

幼日《をさなび》に見し巨《おほ》きなる土用波思ひ出《いだ》さるうなぎを食《は》めば

時計

朝《あした》なき夜はなしといふ寝《い》ねがてのこの夜《よ》も刻む音を頼みぬ

文化の日

夕すげ

三日《みか》の旅終へて還らす君を待つ庭の夕すげ傾《かし》ぐを見つつ

雪塊

たまさかに小枝より散る雪塊《せつくわい》をほとほと受け泉春めく

吾子

一つ距離保ちて見れば余りにも小《ち》さく危ふく立てる吾子かも

窓辺の花なべて光に向きゐるを見つつ暫しゐぬ吾子を送りて

昭和四十九年

草の香《か》も汗の匂ひもまじりゐてかなしもよこの幼児《をさなご》のにほひ

雫

雨晴れて俄《には》かに煙《けぶ》る山の木《こ》叢《むら》雫《しづく》の間《ま》より鳥のさざめく

土筆

ひたぶるに地表へ伸《の》ぶる土筆《つくし》あらむ野辺には早も陽炎《かげろふ》のたつ

昭和五十年

寒晴

寒《かん》の朝《あさ》打ち初《そ》めと君の打ち給《たま》ふ白球はさやに光りて飛べり

春服

いつしかに衣《ころも》に移り来《き》にけらし日ざしのぬくみ春の花の香《か》

声

春芽ぐむ林にこもる幼《をさな》らの声ほがらかに真昼を止《や》まず

こほろぎ

こほろぎのころころころ鳴くを愛《いと》しみて宵の窓辺を子は去りやらず

落葉松

黄に染みて落葉松《からまつ》の木木立ち並ぶ高原《たかはら》の小道明かるみてあらむ

冬至

明日《あす》よりは甦《よみがへ》るらむ日輪《にちりん》の今日の入日《いりひ》を拝《をろが》み送る

辛夷

みどり児《ご》の眠りに似たり月の夜の苞《はう》の中なる辛夷《こぶし》の蕾

紅志野

湯上りの幼児《をさなご》の肌温《ぬく》みつつ紅志野《べにしの》の如きくれなゐ含《ふふ》む

吾子二人

おそ夏の草茂《くさしげ》き原吾子ら二人やや重たげに馬並《な》めゆけり

五月

五月いま小《ちひ》さき吾娘《わこ》の歩みとめて仔細《しさい》ありげに触るるヒメジオン

梅雨

ひところ狭霧《さぎり》流るる静けさに夕すげは梅雨《つゆ》の季《とき》を咲きつぐ

昭和五十一年

大寒

ひとたびは丸《まろ》めし肩を広やかに開き大寒の朝を子は発《た》つ

紫

母宮の描き給ひし紫のぶだう一房つゆけくありぬ

蛙

遊牧の民住みしとふパオに宿り蛙《かはづ》しきりに鳴く夜を寝《い》ねぬ

ライラック

初夏《はつなつ》の淡き光にリラ咲きてそのあたり霧《き》らひただよふ紫《むらさき》

木洩日

振り向きし幼童《をさなわらべ》の瓜ざねの面《おもて》に夏の木洩日《こもれび》ゆれぬ

台風

おどろなる世の様《さま》なれどこの野分《のわき》過ごして澄まむ国つみ空も

蔦紅葉

紅葉《もみぢ》せる蔦の細道君と来てしばし聞き入る草雲雀《くさひばり》の声

石蕗の花

石蕗《つは》の花豊《ゆた》に咲けるが矜《ほこ》りなりと呟《つぶや》きし津和野の人懐かしむ

音

まなこ閉《と》ざしひたすら楽したのし君のリンゴ食《は》みいます音《おと》を聞きつつ

昭和五十二年

葉牡丹

葉牡丹の大き緑の葉の包むくれなゐの芯ともし火に似る

立春

霜柱登校の子らの踏みてゆく声も明かるし春立つあした

白酒

雛《ひな》の宵　をとめさびつつ幼《をさな》かる子のはつはつに注《そそ》ぐ白酒《しろざけ》

うららか

み園生《そのふ》をめぐるきぎすの羽に纏《まと》ひうらら春陽の間《ま》なく耀《かがよ》ふ

雨蛙

たが傘を打つ雨音か振り向けば蛙《かはづ》宿せる大《おほ》き芭蕉葉

天の川

いつよりか星に惹かるる幼児《をさなご》の今宵外《と》の面《も》に天の川探す

電話

行くことの適《かな》はずありて幾度《いくたび》か病《や》む母のさま問ひしこの電話

文化の日

帰り花

朱《しゆ》のさつきやや狂ほしく咲き帰《かへ》りよりどなき空に昼の月あり

暦

旅に見し鄙《ひな》の家居《いへゐ》の古暦ひと角焦《すみ》げて炉辺にかかりぬ

磯

磯つたひ小貝を採りぬいささかの疲れに酔ひて砂踏み帰る

那須の道

癒《い》えまして疾《と》く歩みませ夏椿はた葛《くず》も咲かむかの那須の道

香淳皇后お怪我

昭和五十三年

晴衣

大君に年の寿詞《よごと》を聞《きこ》え上《あ》ぐと晴衣《はれぎぬ》の吾子頬染めて立つ

春一番

ひたすらに待ちゐし春の近からむ今日南風《みなみかぜ》外《と》を吹きすさぶ

茜雲

野分過ぎて茅伏《ちがや》せるる野の行く手茜雲浮く光ふふみて

書庫

つつしみて我も従ふ大君《おほきみ》の書《ふみ》求めます書庫の御歩み

文化の日

五島美代子師をいたみ

天翔《あまがけ》るみ魂にそひて楽《がく》ありと　ふと想ふ終《つひ》のみ歌ならむか

昭和五十四年

末黒野

末黒野《すぐろの》にやがて芽ぐまむ草念《おも》ふ如月《きさらぎ》の日の光豊《ゆた》けく

麦秋

暖冬に麦の育ちを憂ひたることありしかど麦の秋となる

白桃

覆《おほ》ひたる紙を開けば白桃のその匂ひ立つ和毛《にこげ》やさしく

残暑

葦原《あしはら》にすすきの紅き穂の見えて秋となりつつ暑き日盛り

未草

その刻に違《たが》はず咲ける未草《ひつじぐさ》野辺のみ伴に見し日恋ほしも

畳紙

畳紙《たたうし》を開けばかつて母と焚《た》きしよき名の香《かう》に春衣《はるぎぬ》薫る

昭和五十四年

昭和五十五年

水仙

風強き日にわれの来《こ》し城ケ島水仙の群《むれ》土に伏しをり

霞

桃の咲くかなたの林ほのかにも紅《くれなゐ》の色顕《た》ちて霞めり

木蓮

青草のかがよふ野なか一本《ひともと》の炎のごとし木蓮の咲く

蟬しぐれ

思はざる驟雨の来たるごとくにてくま蟬の声いつせいに起《た》つ

遠花火

寝《い》ねがての子を伴ひて遠花火窓辺に見たる夏の日想ふ

渡り鳥

燕《つばくろ》の去りし田の畦この日頃くれなゐ群れて彼岸花咲く

惜年

祝《ほ》ぎ事の数を重ねしよき年のいま過ぎゆくを惜しみて送る

初冠

むらぎもの心あらたに吾子は見む初冠《うひかうぶり》のこの年の花

桜木

若き吾子の寄りて仰げる桜木は如月《きさらぎ》にして花芽だちたり

昭和五十六年

初稽古

冬の日のさし入る部屋に子等は寄り稽古始の墨をすりゐる

年男

更《ふ》けゆける追儺《ついな》の宵を君もまた年男《としをとこ》にて福呼び給ふ

春潮

新草《にひくさ》の萌ゆる丘辺を歩みつつ聞きしかの日の春潮の音

桜鯛

春の海からだ光りて泳ぎゐし鯛とぞ思ふ薄き紅《くれなゐ》

避暑

夕暮れに浅間黄すげの群れ咲きてかの山すその避暑地思ほゆ

芙蓉

羽いまだ幼き揚羽飛ぶ庭のひとところ群れて芙蓉花《はな》咲く

学会

長きとき学びに疎《うと》くありたりと学会の席に心たどきなし

文化の日

昭和五十七年

進学

いや高き学びの道に進まむと面《おもて》さやかにわが子告げ来ぬ

藤棚

行《ゆ》く春のしみて思ほゆ藤棚に垂るる花房ととのふ見れば

蜩

暑き日もやや和《やは》らぎて夕《ゆふ》づきぬ優しき声に蜩《ひぐらし》鳴きて

秋めく

朝夕《あさゆふ》の道辺に生《お》ふるかるかやの穂に吹く風のすでに秋めく

通草

園のうち出《い》でて歩めば道の辺に垂りしあけびは実を開きをり

み旅の日

遠き地を思へば浮かぶひとつ道君を隔てて深く雪積む

昭和五十七年

昭和五十八年

節分

節分のこの日のためと大ますにととのへられし豆のぬくもり

春雷

暖かき冬なりしかど春雷《しゅんらい》を聞くうれしさよ今日園にして

時鳥

思ほえずわがま近くに鳴きゐしが時鳥《ほととぎす》のこゑたちまち遠し

百合

いち早く百合咲きいづる育《はぐく》みし子の旅立ちの近きこのあさ

キャンプ

大きなる荷を背負ひつつかかること常なりと言ふ若きキャンパー

昭和五十八年

秋晴

その影《かげ》を水に落として白鷺は佇みてをり秋晴れの下《もと》

秋晴れの日ざしを浴《あ》みて野を歩む土踏むことのただにうれしく

緑

外国《とつくに》に子は発ちゆきぬ日の本は緑いやさかる六月にして

節分草

この日日《ひび》をいづへの山に咲くならむ節分草《せつぶんさう》の白き花群《はなむら》

昭和五十九年

餅

大《おほ》きなる上に小《ちひ》さき餅のせて供へられあり鏡餅はも

紅梅

くれなゐを含《ふふ》む蕾の梅の枝《えだ》今日窓の辺に花開きそむ

陽炎

幼児《をさなご》の母としてわがありし日日かく陽炎は野辺に揺れゐき

雲雀

四月の空さやかに晴れぬ遠いでてひばり聞きたし春の畠に

あけぼの

暁《あかつき》の色をもちたるハゼの名を和名アケボノと君なづけましき

昭和五十九年

武者人形

五月来れば取りいだし見る武者人形子らすでにして育ちし今も

富士山

旅立つと空港にゆく車窓より朝日に立てる富士を仰ぎぬ

旅

遠き旅近き旅にと子ら発ちて園ひそやかに黄すげ咲きつぐ

旅の機はマッキンリーの上を飛ぶ息づきてあれ一つのいのち

植村直己氏行方を絶つ

祭典

祭典の若きらと共に我もまた夏　秋田路の緑に染まる

昭和六十年

七草

美しく齢《よはひ》重ねし人の幸祈りて贈る七草のかゆ

雛

夕光《ゆふかげ》のさし入る部屋に雛とゐてひととき心ゆたかにをりぬ

藤の花

時来れば房ゆたかにて花咲かむほのかに色の見ゆる藤棚

うららか

筑波山の麓《ふもと》うららかに光満ちて科学博覧会こころ楽しき

せせらぎ

フィヨルドの白夜《びやくや》にありてふとしのぶ遠き故里のせせらぎの音《おと》

読書

思ひつつ言ひ得ぬ心さやかにもしめせる詞《ことば》よむとき楽し

文化の日

大根

黒崎に貝拾はむと浜近き大根畑《はた》の中あゆみ行く

流氷

この水を流氷閉ざす日のあらむ知床かすむ網走の海

湿原

オホーツクの水の入り来る湿原をあかあかと埋めてサンゴ草生《さうお》ふ

古都

若狭井《わかさゐ》の水汲まれしと古都の春告げて賜《たま》ひぬ紙の椿を

鐘

み使ひの旅果てて去るこの朝《あした》水の都に鐘鳴り渡る

ストックホルムにて

昭和六十一年

書き初め

書き初《そ》めの言葉にこもる人人の祈りねぎごと思ひつつ見る

鶯

この園に来鳴くうぐひす待ちをれど梅の林は花僅《はつ》かなり

春雨

春雨に枝うるほへる坂下の大き柳は芽吹き初めたり

春の海

やはらかき日に照る潮《しほ》の音もなく満ち引く春の海見つつをり

柏餅

集ひ来て異国の人ら愛《め》でて食《は》む我のもてきたる柏餅《かしはもちひ》を

東京ローンテニスクラブ訪問

夏祭

信濃路の夏祭にて聞こえくる木やりの声をゆくりなく聞く

水泳

古式なる泳法なすと浜名湖に君行きませば子らの従ふ

月見

ロケットの到りしことも遠き日の如くに秋の月を見てゐぬ

紅葉

にはかにも寒さ来たりぬ北国のこの一山《いちざん》の朱《あけ》なせる木木

落葉

雨晴れし道踏み行けばうれしさや散り敷く落葉ふたたび朱《あか》し

霜夜

霜の降る気配に覚めて枯落葉テラスに舞へる音を聞きゐつ

植樹祭

楠若木《くすわかぎ》おほみ手づから植ゑませば種播《ま》くと子らの馳《は》せいでて来る

昭和天皇熊本県行幸

木挽き

飫肥杉《をびすぎ》に削《はつ》りの業《わざ》のすすむとき木挽《こび》きの歌は谷に響きぬ

日向路の谷に木挽《こび》きの歌ありて大鋸師《おがし》は大き杉をひきゆく

昭和六十二年

筍

海風を受けつつ登る岡の辺《へ》に思ひもかけず筍《たけのこ》生《お》ふる

燕

緑もゆる木木の下かげ通ひ来《き》て燕《つばくろ》翔べる野に立ち出でぬ

畳

通学路に見し畳師の大《おほ》きなる針さばくさま今も目にあり

星

星星のまたたく間《あひだ》縫ひてゆく光あり夜空とべる飛行機

茄子

動物の形になりてむらさきの茄子は盂蘭盆《うらぼん》の宵を飾れり

こほろぎ

君と行く高原《たかはら》寒く時をりに木《こ》したの草にこほろぎの鳴く

高松宮殿下薨去

語らずも寂しき思ひ一つにて追儺《ついな》の宵の音なく更《ふ》くる

忍ぶ草

佐藤佐太郎先生をいたみて

みよはひを重ねましつつ弥増《いやま》せる慈《いつく》しみもて教へ給ひぬ

この谷に咲く桜草見せたしと宣《の》りたまひしかの遠き夏の日

長き一生《ひとよ》果てなむとして残されし「ありがとう」の文字見つつ哀しむ

昭和六十三年

初夢

枕辺になみ乗り舟の絵を置きて育ちし子らよ何を夢見る

おぼろ月

おぼろ月照りてゐたりき歌ひつつ友と歩きし畑沿《はたぞ》ひの道

若鮎

おそ春の川瀬に若き鮎見しと遠きふるさと語る人あり

浴衣

わが縫ひし針目つたなき浴衣《ゆかた》びら喜びくれし叔母老いて病む

木の実

日を待ちて再び訪はむこの園にナツハゼの実の熟るるを見たし

霜

賜りし梅鉢草に白き花霜ちかきこのあした開ける

北風

大君に捧ぐと君は北風の中に楓の枝を手《た》折《を》らす

雀

庭の花摘まむと来ればアイリスの根方騒ぎて雀飛び立つ

平成　二七四首

平成元年

ぶらんこ

花散りしのちの緑の間《ひま》を来《こ》し風のふりゆく園《その》のぶらんこ

新しき御代《みよ》となりたる春風に子らのぶらんこゆれつつあらむ

釣り

釣人の影絵のごとく夕光《ゆふかげ》に立ちてゐたりし黒崎の浜

花火

傍らに子ら寄り添ひて避暑の地の夜空にしだるる花火見てゐし

かの国に見し花火思ふ中東の大統領選挙報ぜられゐつ

高原の夜空に花火上がるとき廊の窓辺に人ら寄り来る

夕焼

木曾に見し夕焼の色目にありて今朝《けさ》見る池の白き沢瀉《おもだか》

柿

岐阜県の選手一団富有柿の絵をかざしつつ入場し来《く》る

木枯

山茶花の紅《くれなゐ》の花白き花散りゐるならむ夜半《よは》の木枯

木枯のいまだ吹かねば靄《もや》こむる池の辺《へ》静か鴨の群れつつ

挽歌　昭和天皇を偲びて

健やかに在《いま》し再び迎へます春と幾たび念《おも》ひ来りし

今もなほ在《ま》すがに思ふ玉ゆらの過ぎてゆつつの寂しきろかも

平成二年

星

星星のその座にありてさやけくも輝きながら新年《にひとし》来たる

この年の幸を祈りて仰ぐ空星の光のさやかに見ゆる

金星蝕

しばらくのあひだ隠れし金星が三日月の端《は》に輝きいづる

蝕《しょく》しばしありし金星月の端に再び出づる強く光りて

石

置かれたる石のぬくもり感じつつ白木蓮《はくもくれん》の咲く道をゆく

石垣に春日かがよふかたへ来て花咲き初《そ》むる街に出できぬ

桃

白き桃紅《くれなゐ》の桃挙《こぞ》り咲く園の上なる空ゆたかにて

麒麟

麒麟の眼仰ぎてわれの驚けばかたへの母の笑ひ給ひし

ヌゴロンゴロの火口原《くわこうげん》にて風のごと走る麒麟の群れを見たりき

島

遠く来《こ》し対馬の浜に島人の真珠つくれる営みを見つ

夕立

疎開地の下校の道にひたぬれし夕立の匂ひこの頃思ふ

白樺

白樺の若木伸ぶるを目守《まも》らして君歳月を重ね来ませり

鶏頭

夜の風に吹かれて君ら見しといふ鶏頭のそよぎ我も見てゐし

佐藤佐太郎「未来より吹きくる風の心地して夜の鶏頭のそよぐを見をり」を思ひ出しつつ

紙

草木染めに作られしならむ琵琶の譜の紙にかすかに匂ひ残れる

文化の日

光

御列《おんれつ》は夕映えの中ありなむか光おだやかに身に添ふ覚ゆ

御即位に伴ふ祝賀御列の儀

明治神宮御鎮座七十年にあたり

萩の戸の花の盛りのまさびしき旧き都と偲び給ひき

明治天皇御製「ふるさととなりし都は
萩の戸の花のさかりもさびしかるらむ」

平成三年

松

四方拝終へて還らす君を待つ松かざり立つ未明の門《かど》に

寒雀

雀らは寒き風吹く日だまりに体膨《ふく》れて餌《ゑさ》をついばむ

餌台に寄り来る鳥に順ありて寒雀ながく待ちゐるあはれ

山吹

わが好む白山吹を雨にぬれ手折りくれたる人今は亡し

忘れ得ぬ一つの季節胸にありて山吹のかたへ人を偲ばむ

梅雨

梅雨《つゆ》晴れし今朝の園生《そのふ》のさはやかに青き翡翠《かはせみ》過ぎりてゆけり

山登り

登山禁止長きにわたり登らざる石尊山の野草群恋ふ

夕凪ぎ

風なぎてただにしづけきこの園に夕蜩《ひぐらし》の声のみ聞こゆ

きのこ

月夜茸《つきよたけ》見むと来たりし川の辺に乳茸《ちちたけ》生ふる秋まだ早く

鳥渡る

それぞれの鳥にわたりの刻《とき》あらむ夕づきて南に向ふ幾群《いくむれ》

鳥渡る季節となりてこの年も鴨の飛来を楽しみて待つ

いかなる風受けつつ渡る鳥ならむ苑の小径に立ちて見さくる

菊

そこにのみ明るさのこる如くにて浜菊咲けり夕暮れし園

本

過ぎし日に手にとり読みし本ならむ思ほえずして書架より出づる

文化の日

小鳥

落葉《おちば》して明るくなりし白樺の林の中を小鳥とぶ見ゆ

落葉

並び立つあけぼのの杉の木下道《こしたみち》紅き落葉の積むを踏みゆく

雲仙の人びとを思ひて

雲仙岳のふもとに被災せし人ら来《き》むかふ冬を如何に過ごさむ

平成三年

平成四年

つみ草

嫁ぐ日の間近きひと日わが母とつくし摘みたる野辺し思ほゆ

入学

この春に入学したる幼子はその背に余るランドセル負ふ

子犬

盲導の訓練終へし子犬らの無邪気に遊ぶさまの愛《いと》しき

桐

雨多き春すぎゆきてやうやくに桐の花咲く初夏《しょか》となりたり

土

晴れし間のテニスコートに集ひ来て若きら土を踏み固めをり

青空を映すあまたの水溜まりさけて土踏む梅雨《つゆ》の晴れ間に

魚

夏の夜に君話します沼津の海漁《いさ》り火に青きサヨリ寄りしと

高原

空埋めてあきつ群れ飛ぶ信州の高原《かうげん》を思ふ胸あつきまで

高原に初めて君にまみえしは夏にて赤きささげ咲きゐし

旅

旅の日の務め終りて通る街家家は夕餉《ゆふげ》の支度するらし

夕闇

スペイン乗馬見むと行く道夕闇に白き山茶花《さざんくわ》の咲き続く道

麓

山燃えて被災の日日の経《ふ》りゆくはさみしかるらむ麓《ふもと》に住みて

平成五年

朝日

この国の岬も浦も照らしつつ今さし昇る朝日と思ふ

雪

部屋ぬちの静けくなりてふと見たる窓辺明るく雪の降りゐる

暖冬に雪見ることの稀にして北越雪譜《ほくゑつせつぷ》とりいでて読む

春風

ひたすらに歩み近づく幼な児の髪そよがせて春の風吹く

青年

青年の熱き希《のぞ》みを聞きをれば砂漠に萌ゆる緑見え来る

青年海外協力隊

つばめ

幾度《いくたび》もつばめ来たりてひるがへる庭の花壇に山椒バラ咲く

泳ぐ

インドネシアと日本の鯉交配のなりて鰭ながくみ池に泳ぐ

魚泳ぎ海くさ揺るる水底《みなそこ》にわれあるごとし森中にゐて

流れ星

「またとぶ」と幼き声に流星《りうせい》を子らの数へし夏夜すぎゆく

雲

トスカナの夕茜雲しみじみと見つつ旅路の夜を迎ふる

秋草

新しき宮竣《な》り今し遷《うつ》りますを秋草の野に立ちてをろがむ

伊勢神宮　式年遷宮

学ぶ

「誡太子書《かいたいしのしよ》」見つつ懐かし幼な皇子《みこ》に語らむとして学びし日あり

「誡太子書」は花園天皇が当時の皇太子に贈られた訓戒の書

北風

さざんくわの花散り敷きて北風の吹ける園生《そのふ》の一隅《ひとすみ》明《あか》し

暁

暁の空清らかに白みゆく君生《あ》れましし時近きかも

白鳥

病《や》める身の命の限り北の湖《うみ》の白鳥を撮り逝《ゆ》きし人はも

写真家若本俊雄氏を偲びて

平成六年

望み

おのづからゆたけき望《のぞみ》わくごとく移り来し宮に朝日かがよふ

硫黄島

戦場にいとし子捧げし　ははそはの母の心をいかに思はむ

天皇陛下御還暦奉祝歌

日輪は今日よみがへり大君のみ生まれの朝再びめぐる

卒業

海峡を渡れる蝶の詩を記し子は卒業の春を迎へぬ

澄みし声に「卒業写真」歌ひゐし娘《こ》は業《わざ》を終へ一年《ひととせ》を経ぬ

師は永久《とは》に在《ま》すがに頼み学び舎を去りしかの日を今も忘れず

竹叢

竹叢《たかむら》の中道《なかみち》を来て仰ぎ見る新宮の屋根アーチ優しき

五月晴れ

この晴れし五月の水面《みのも》光りとぶ翡翠《かはせみ》のひな見つつ楽しも

夏休み

すすきの穂すでにいでたる那須の野にいでまし君は夏を憩《いこ》はす

虫の音

ひた土も熱くありけむ雨後《あめあと》の庭にコホロギ冴えざえと鳴く

雨過ぎて緑もどれる草むらにエンマコホロギいつせいに鳴く

山茶花

逝きし友病める友ありこの季節八重《やへ》山山茶花《やまさざんくわ》は白く咲きゐて

栗

朝の道に小さき栗の毬《いが》あれば君歩みをとめ仰ぎ給へる

平成七年

訪米

学童の歌ひくれたるコロラドの月いま出でて旅の夜更《よふ》くる

秋

幾つかの異なる鳥の群送りいまだ夕光《ゆふかげ》残るときのま

平成八年

門松

家いへの松の飾りに初日《はつひ》さす刻近からむ星うすれそむ

み祭果て君還りますいへに門松立ちて街も明けなむ

菜の花

菜の花の小さき花びらついばみて雀遊べる早春の庭

すみれ

日だまりに野すみれの花咲きをれば花めでましし妃《ひ》の宮恋ほし

流れ星

星落ちて吾子《わこ》となりぬと詠《うた》ひける湖処子《こしよし》が生《あ》れしあさくらの里

秋風

蟬の声少なきままに夏ゆきて秋風の中　にはかにしげし

朝《あした》来し東御苑《ぎよゑん》に風ありて淡黄木犀《うすぎもくせい》の香を運びくる

紅葉

野火止《のびどめ》のかのあたりなるもみぢ葉も美しからむ寒さ深みて

鴨

大鷹のしげく来たれば園の池に野鴨《のがも》の姿この頃見えず

枯野

幼児《をさなご》の馳《は》せ去りゆけば我のみの立てる枯野に日のかげり来る

平和

地雷なきカンボジアの野を幼《をさな》らの駆《か》ける平和の日をし願はむ

平成九年

かるた

后《きさい》の宮読ませ給へる能がるた取りしはるかな冬の日思ふ

水仙

被災地に手向《たむ》くと摘みしかの日より水仙の香は悲しみを呼ぶ

香淳皇后

雛

山かげの小川の水に漂ひて流し雛《びな》行く春近きかも

蘭

夕づける時ほのかにも匂ひ立つ白き風蘭《ふうらん》の花のかそけし

道

み車の行くに伴ひ花びらも風に散りくる島岡の道

歩み

わが国の歩み真幸《まさき》くあれかしと祈らす君が旬祭《しゅんさい》の朝

橋

「朱鷺《とき》の里」と記されし橋渡りたるかの日の里に二羽のトキゐし

都井岬

たてがみに草の実おびて佇《たたず》める岬の仔馬輝《て》りていとほし

平成九年

馬

ブラジリアの騎馬儀仗隊その列に仔馬一頭ひたに走れる

雀

病癒《やまひい》えて帰り来《きた》ればこの苑に今年竹伸びて雀とび交《か》ふ

時

穭田《ひつぢだ》の彼方《かなた》を通ふ畔《あぜ》の道　時ゆくがごと子ら遠ざかる

ゆふすげ

母の亡く父病むゆふべ共にありし日のごと黄すげの花は咲き満つ

こほろぎ

旅多きこの月なれど野の道に鳴くこほろぎのこゑ親しかり

オルソープの妃の宮眠る湖中《うみなか》の島にもここだこほろぎや鳴く

オルソープ邸に眠る故ダイアナ元皇太子妃を思ひて

スポーツ

涼風《すずかぜ》のやうやくに吹く庭球場　金木犀《きんもくせい》の花香り来る

薙刀《なぎなた》の仕合終りて面《めん》取れば幼きまでの若き面《おも》見ゆ

音　楽

我の弾くたどきなき音《ね》を包みつつ管楽器四本《しほん》妙に奏づる

風

枯蓮《かれはす》は等《ひと》しき方《かた》に大きなる葉を傾けて風に吹かるる

書

白梅とふ　よき名もつ筆わが指になじみ来《きた》りて今日も字を書く

書道の師我に賜ひし奈良の墨新年《にひとし》近き文机《ふづくえ》に置く

文化の日

片寄波

風寒き浪板《なみいた》の浜打ち寄する片寄波《かたよせなみ》は海に還らず

岩手県浪板海岸

木の実

若き日の母の手提《てさ》げの中に見し橡《とち》の実思ふ秋深くして

この御所に働く人と共に来て大池の辺《へ》に銀杏《ぎんなん》ひろふ

どんぐりを拾ひてわれの渡したるかの日の父の御手《みて》大きかり

枯野

母逝きて十年《じふねん》近く父病めば我が立つ苑の冬枯れ寂《さび》し

ひざし

ひむがしの朝《あさ》の御苑《ぎよゑん》の広芝に冬の日ざしはくまなく及ぶ

平成十年

子供

子供らに時ゆるやかに廻るらむ日溜《ひだま》りに座り石並べゐる

石

石垣のをちこちに雪残りゐて梅はほつかに花を開きぬ

水

み祭に臨むと清《きよ》む指先に楾《はんざふ》の水凍《し》みて冷《つめ》たし

楾は手水道具

花

御齢《みよはひ》を祝《ほ》ぐがに咲ける花々を見つつ母宮の御許《おんもと》を訪ふ

新緑

新緑のひと時ここに憩《いこ》ふらし声のやさしくコマドリの鳴く

待ちてゐし燕《つばくろ》来たり新緑の映ゆる水面《みのも》に触れつつ飛べり

若木

少年の手に支へられわが植うる若木は土にしかと降《おろ》さる

若木植ゑネムの種播くひと時を群馬の丘に初夏《しよか》の風吹く

群馬県植樹祭

卵

牧場《ぼくぢやう》の人ら遣《おこ》せし烏骨鶏《うこつけい》の小さき卵持てば愛《かな》しき

この年の孵化《ふか》いかならむ翡翠《かはせみ》の抱卵すとふ巣のあたり見ゆ

海

初夏《はつなつ》のリスボンにありてこの国の大航海時代の書《ふみ》をひもとく

蟬

この年の夏蚕《なつご》静かに繭ごもり安らぎをれば法師蟬鳴く

那須

山百合の花冠《くわくわん》静かに傾けり那須高原に狭霧流れて

靴

小さき靴二足廊下に並びゐてこの家に今うまごら遊ぶ

香

アラビアの地より来りし乳香《にゆうかう》をこの夜小《ちひ》さき香炉にて薫《た》く

燈下

夏の日のともしびの下《もと》書き初《そ》めし原稿一つ成りて秋来ぬ

文化の日

園遊会

しなやかに車椅子こぎて来りたるパラリンピック選手園に並べる

平成十年

煙

田になびく煙を見るも希《まれ》にして旅行く道に続く穭田《ひつぢだ》

平成十一年

梅

昭和なる御代《みよ》を送りてこの園にはつかに梅を見し日思ほゆ

春雨

春雨にぬれて色濃き黒土《くろつち》に結束されし桑の木々立つ

土筆

遠く過ぎし春のひと日御用邸に母宮はつくし摘みていましき

かつてつくし摘みたるあたり平《なら》されてゲートボールの老ら遊べる

山吹

去年《こぞ》の夏螢飛びゐしあたりにて今山吹の花盛り咲く

夜の道

ここに住みしかの日恋ほしも夜《よ》の道に白く咲くシャガの花見つつ来ぬ

結婚四十周年の日に長く住みなれし赤坂御所を訪ふ

写真

うつしゑの幼き君は鳥籠の鳥見守りて笑《ゑ》まひいましき

西瓜

浜の辺に幼なの割りし西瓜あり種つぶらかに夏の日に照る

カイツブリ

サリンとふもの撒《ま》かれたる日に聞きしカイツブリの声今も怖るる

夕立

にはかにも驟雨来《き》たれば音しげき夕べの軒に人ら寄り来る

秋草

われも亦紅《くれなゐ》なりと秋草の野にこの年もその姿見ゆ

秋づきて訪ひ来たりける那須の野は草ぐささやぐ山はるかにて

紙風船

幼な子は嬉しかるらむ幾度《いくたび》も紙風船の掌《て》にもどり来て

稔り

穂を垂りて稔れる稲田うれしかり去年《こぞ》の災《まが》より立ち直りたり

父

大神《おほみわ》を敬ひし父逝きし年《とし》 季《とき》に遅れて笹百合咲けり

皆既日蝕

日蝕に光翳《かげ》れば昼の地に身を伏ししとふ狼あはれ

舞妃蓮

かかる花かく香りつつ父母《ちちはは》のいませる国か舞妃蓮《まひひれん》咲く

畑

起こされて秋の日ざしに乾く土　何植ゑるや肥後の畑人《はたびと》

藤岡保子師を偲びて

師はいかに激しく求めいましけむ俯《ふ》仰《ぎやう》法《はふ》の筆致ゆらぎのあらず

文化の日

村田ユリ師を偲びて

花の望み聴きて活けよと宣《の》らしたる師の言葉思ふ花に触れつつ

文化の日

平成十一年

息

コカリナに息吹き込めば信州の木なる楽器は愛《は》しき音《ね》すなり

日

冬至すぎ甦へり来し日輪《にちりん》の光柔かに裸木を包む

車窓より

ひつぢ田の彼方の小道日のさして時ゆくがごと子らの過ぎゆく

平成十二年

社

をみなる神官もあらむ新しき年明けそむるみ社《やしろ》の庭

屋根

照らされて宮居の屋根にほのかなる鵄尾《しび》仰ぎ見る客人《まらうど》と来て

日の出見むと幼き兄と屋根にのぼり遠き霧笛を聞きし日思ふ

母

母宮の出でまし待てる湘南のあたりは既にすみれ咲くらむ

渚

河《かは》荒れし後の渚に上げられしルリ貝あまた青く美し

池

蒲《がま》生ひて狭くなりたる池の面《も》を激しく打ちて川鵜とび立つ

香淳皇后

みいのちのいまはの夜更《よふけ》雲もなくまどかなる月照らしてゐたり

影

かの遠き夕暮れの道わが前にありし幼き影なつかしむ

露

那須の野の露さはに置く草ぐさに偲べば恋ほし過ぎし日の夏

君まさぬ那須の草原露しげり邯鄲《かんたん》の声澄みて聞こゆる

犬

早朝の一色《いつしき》の浜いづくともなく人ら来て犬を歩ます

毛糸

弟に毛糸のミトン編みながら姉なるに心足《た》らひありし日

道

清《すが》やかに一筋の道歩み給ふ君のみ陰にありし四《よ》十《そ》年《とせ》

平成十三年

鶯

鶯の声きかずなりしこの苑の緑日ごとに色まさり来る

道のべの藪に鶯の声のして逗葉新道に車入りゆく

蚕

掃立《はきた》ての季《とき》近づきて遠く望む桑畠《くはばた》のあたり緑顕《た》ち来ぬ

田

田植待つ稲田は水をたたへをり青葉の山の峯を映して

朝顔

家いへの門《かど》に誇らしく朝顔の花を咲かする小《ち》さき街行く

沖縄の島より移しし紫の野朝顔梅雨の庭に咲きをり

山

かつて子の登りし山に向かひつつその子父となる日を思ひをり

文

病むといふも言葉静かに報《しら》せ来るこの友の文《ふみ》心にぞ沁む

文化の日

舟

緑なるあはびの稚貝沖遠く播くと出でゆく舟を見送る

灯

君の揺らす灯《ともし》の動きさながらに人びとの持つ提灯揺るる

我いまだこの世にあらぬ冬の日の灯《ともし》と君は生《あ》れましにけむ

霜

早朝のテレビの映す地蔵尊蓑召してをり霜近からむ

平成十四年

みどり児

ひと月の齢《よはひ》もちたるみどり児を加へて迎ふ新しき春

抱《いだ》かれて苑めぐるとふみどり児に花やはらかく舞ひてあらむか

平成十五年

病院より一時還御

幾度《いくたび》も御手《おんて》に触るれば頷きてこの夜は御所に御寝《ぎよしん》し給ふ

天皇陛下還御

アフガニスタン、イラクと戦続く日日に

をとめ座のスピカまたたく春の夜《よる》遠きイラクに空爆つづく

軍事用語日増しに耳になじみ来るこの日常をいかに生くべき

北朝鮮より帰国せし二名に会ふ

言の葉の限り悲しく真向かへばひたこめて云ふ「お帰りなさい」

蓮池薫・祐木子夫妻

繭かき

曇り日の多きこの年まぶしより拾へる繭のややに小さし

新潟にトキの剥製を見る

風を切る羽色《はいろ》のかくも美しくトキのうつつに飛びゐたりし日

旅

山の子と幼な木を植ゑ海の子と綱引きにけり上総路の旅

夏盛るタイの旅《たび》行くうまごらの肩やや堅く歩む愛しさ

平成十六年

拉致被害者家族　五人の子ら両親の許に帰り来たれば

五月なる日の本の地に来《こ》し子らのその父母《ちちはは》とある夜《よ》を思ふ

夏のあした

水打ちて君と朝餉《あさげ》の卓にあれば薄紫のしじみ蝶来る

夏の間朝食はテラスにて

アテネ五輪体操

美しく宙にとどまり宙に舞ひ日の本の選手アテネに競ふ

婚約

祝詞《ほぎごと》に被災地の声もまじれるを幾年後《いくとせのち》も子は思ふらむ

清子内親王婚約

海

歩《ほ》を止めて少女が指せる海涯《うなはて》の遠きに見入る未来のごとく

全国豊かな海づくり大会

歩み来《こ》し若き漁業者に手渡せばかすかに揺るる甘藻《あまも》の苗は

平成十七年

清子内親王の結婚を祝ふ

汝《なれ》を子と持ちたる幸《さち》を胸深く今日君が手にゆだねむとする

平成二十年

保育園

子どもらのお店屋さんごつこ渡されし紙幣もて大き指輪を買ひぬ

ウィーン少年合唱団

少年のソプラノに歌ふ「流浪の民」この歌を愛でし少女ありしを

少女横田めぐみ

読書

現代史の深きに触るる思ひして戦時交換船の書読《ふみ》む

文化の日

新人

失敗を越えて勝ちしもありと聞き「そうか」と云ひてメダル取りし人

内村航平選手

平成二十一年

佐藤志満先生追悼三首

蛇崩《じやくづれ》の歌人《うたびと》去りし後《のち》の日の「歩道」を君は目守《まも》り来ませり

「わが親族《うから》ゆめ誹《そし》らず」とかの大人《うし》の讃へし妻にありませし君

那須の野に山百合咲けるこのあした君いまさぬを思ひさみしむ

カナダ日系の人びと

過ぎし日の難《かた》きを云はずひたすらに君が御旅《みたび》のお疲れを問ふ

平成二十二年

京都

平等院の飛天さながらサーフィンの御姿《みすがた》にして空馳《そらは》せゆかす

平城遷都千三百年祭

み仏も大きお耳に聞かすらむ大和大路の今日のにぎはひ

奈良　御陵

穭田《ひつぢだ》の短き稲葉揺るる果てみささぎはあり寄りてぬかづく

平成二十三年

津波

この広き仙台平野水漬《みづ》きつつかの大波は渡り行きしか

父

関東平野の広きを過《よぎ》り歩み来るあれはあれは亡き父ではないか

平成二十四年

オリンピック開会式

なつかしきアバイド・ウィズ・ミー倫敦《ロンドン》の競技会場しづかに満たす

平成二十六年

花吹雪

「雪」といふうまごの声に見し窓にまことと雪かと花舞ひしきる

伊豆大島の被災地を訪ふ

災《まが》受けしも人ら穏《おだ》しく物言へる島なり心残して帰る

終戦七十年を控へし年に

窓外《さうぐわい》に雪降りしきる一日《ひとひ》にてラーゲリゆ来《こ》し遺書読みつづく

シベリア強制収容所からの遺書

復興

帰り得ぬ故郷《ふるさと》を持つ人らありて何もて復興と云ふやを知らず

今にきくかの地震《なゐ》の夜の星空を眼《まなこ》上げ見し幼な児ありし

平成二十七年

動く

地にいでて虫ら動かむこの月の冬ながら賜《た》ぶ光たふとし

重なる

被災現場に重ね思ほゆかつてここに日常といふたつきありしこと

花びら

かの日日もかく花びらは舞ひをりぬ被災の町を訪《たづ》ぬる道に

若葉

若葉みな煌《きら》めき見ゆるこの朝《あした》その木下通《こしたみち》に君と入りゆく

雨

雨止むを待ちゐし少年のカニ採ると磯に走るを我も追ひゆく

朝日

明くる刻早くなりゆくこの日日の朝日を浴みて歩むうれしさ

影

ひところ影の湧きたる山道にオホハンゴンサウ見たる若き日

鳴く

蟬の声朝よりしげくこの日また来たる暑さをいかに迎へむ

浮く

十月の月浮く空のいづくにか宇宙実験室あるを思へる

清

この朝《あさ》の大気清《すが》しく門《かど》に生《お》ふるウスギモクセイ香りただよふ

伸びる

冬もなほ伸び育ちゐる若き芽のをちこちに見ゆ園は明るし

文化の日

積む

落葉積む道を歩めば遠き日のそを焼きし匂ひ思ひ出《いだ》さる

踏む

足取りのややに危ふくこの日日は一歩一歩を心して踏む

心筋虚血の診断を受く

喜

静かなる喜びの時多かれと御行手《おんゆくて》祈る師走の空に

大村、梶田二博士ノーベル賞受賞

晴れやかにこの日に会へる受賞者の研鑽の日の長きを思ふ

友去る

また一人友去りゆきて新聞にその記事を読む白露《はくろ》のあした

小林陽太郎氏逝去

平成二十八年

みどりの日

新聞の文字も緑にふちどられ「みどりの日」なり風やや強し

野

那須岳はすでにも見えず夕深み邯鄲《かんたん》の声花野を渡る

橿原神宮参拝

心清め随《したが》ひ歩《あゆ》む参道に樫の葉ずれの静かにきこゆ

雨晴れて光さしくる参道を歩めば遠つ世にあるごとし

全国豊かな海づくり大会

これよりは海が育ててゆくならむと庄内浜に稚魚を放ちぬ

国民体育大会

震災の禍《まが》受けし県《あがた》巡り来て今炬火台《きよくわだい》に火はともされぬ

岩手県にて

平成二十九年

タイ

訪ひ来たるバンコクに君を深くしのぶ読経《どきやう》響ける祭壇の前

故プミポン前タイ国王陛下弔問

語りつつ

若草のはつかに見ゆと語りつつ春は名のみの朝の道ゆく

逃げざるを子雀ならむと語りつつ歩《ほ》を止め給ふ朝《あした》の道に

人びとと語りつつ学び来《き》しことをストロベリームーン見つつ思ひぬ

石蕗

我が生れし季節に入れば石蕗《つはぶき》の花咲きてうれしその道をゆく

叢

思はざる所に伸びしアカネありて更になきかと叢《くさむら》に入る

日溜り

冬の日の日溜りに立てばこれの世に逢ひたる人のなべて懐し

野道

昨夜《よべ》の間《ま》に背くらべ遊びありしごと今朝歩む野のスカンポの丈

蔟

週末の蚕飼《こが》ひの室に蔟《まぶし》編む水口《みなくち》の稲か藁《わら》の青める

蚕飼ひの時

春の陽のかげりを受けて桑園に急ぎ歩み行く夕摘《ゆふづ》みの刻《とき》

卒業

思はざる鶯の声も聞こえ来て今日晴れやかにうまご卒業す

梅

心做《な》しか春めきしと思ふこの朝《あした》靖国神社に梅の咲きしと

魂送り

ラ・トゥールの絵のごとき光頬《ほ》に受けて写し絵の少女灯籠流す

草津音楽祭

我もまた集へる人の中にゐて草津の町に楽《がく》を奏《かな》づる

夏休み

開拓の村に通へる町にして仰ぐ高さにヒマハリの咲く

初《うひ》にして君にまみえし高原《たかはら》にハナササゲは赤く咲きてゐたりし

平成三十年

新しき年

やうやくに木立ちのありか見え来たり新年の空白み始むる

来る日

夕焼けの見ゆる窓辺に帰りゆく朝明《あさけ》仰ぎし窓を離れて

皇居から仙洞御所（赤坂）への移居を控へて

全国豊かな海づくり大会

遠き海に生きて育てと願ひつつ若き漁業者に稚魚を手渡す

理髪店

旅の道にサインポール見ゆ又ひとつ新しき町に入《い》り来《き》たるらし

福島県広野町

この土の生かされむ遠き日を念《おも》ふフレコンバック積み並《な》む道に

放射性物質除染廃棄物の詰めもの

平成三十年

速報

台風接近告ぐる画面に重なりて翁長知事逝去のテロップ流る

与那国島

東崎《あがりざき》はた西崎《いりざき》も尋《たづ》ねゆき島人と逢ひしかの日恋ほしも

最果《さいは》ての与那国島の入り岬はるかにも君と来しが嬉しき

北海道開拓百五十年

この広き大地拓かむと来し人ら依田《よだ》勉三もその一人にて

沖縄の旅

年経《ふ》るも全《また》けく生くる人多《さは》に仏桑華咲く島は明るし

解説

永田和宏

私は以前、『現代秀歌』(岩波新書)として、主に戦後に活躍した百人の歌人の、百首の歌を採り上げたことがありました。この本の帯には、編集部が私の意図を的確に捉え、「今後一〇〇年読まれ続けて欲しい秀歌一〇〇首」なるキャッチコピーを用意してくれました。その百首の中には、上皇后美智子さまの若き日の一首も収録されています。

てのひらに君のせましし桑の実のその一粒に重みのありて　昭和三十四年

まさに「今後一〇〇年読まれ続けて欲しい秀歌」として択んだ一首でありましたが、美智子さまの御歌は、皇太子妃、皇后、上皇后という特殊な立場を離れて、純粋に現代の歌人の一人として読まれるべきものであると私は考えています。それだけの技術と、なにより繊細で豊かな感性は、これまでに発表されてきた多くの歌を読めば、おのずから納得していただけるところでしょう。

美智子さまには、上皇后になられた後も歌を詠み続けていただきたいと願っておりましたが、宮内庁上皇職には「上皇后さまは今もお歌をお詠みになっていらっしゃいますか」と何度か尋ねておりました。そうしているうちに、宮内庁から「陛下ご譲位後にお詠みになった上皇后さまの御歌は承知していませんが、それ以前にお詠みになった未発表の御歌であればかなり残っていることがわかりました」と電話がありました。連絡を受けたとき、それはぜひ一冊の歌集としてまとめるべきですと、その場で答えたのを覚えています。

美智子さまの御歌が、未発表のままに誰の目にも触れずに残っているのは何としても残念だと思わざるを得ません。歌集としてまとめ、一人でも多くの方に読んでいただきたい、そしてそれらを後の世代に残しておきたい、そのためにできることがあればお手伝いしたいというのが、私の正直な思いでした。

美智子さまは、令和六年(二〇二四年)十月二十日、卒寿の誕生日をお迎えになりました。

これを一つの節目として、昭和から平成の終わりまでに詠まれながら、これまで私たちの目に触れることなく眠っていた四六六首の御歌が、歌集『ゆふすげ』としてまとめられますことを、私も一読者として喜ばずにはいられません。

新歌集では、これまでと大きく変わった点が一つあります。それは著者名です。これまでの美智子さまの歌集には、実は著者名が付されていませんでした。当時の皇太子さまとの共著歌集『ともしび』(昭和六十一年)では、「皇太子同妃両殿下御歌集」と記され、唯一出版されているご自身の歌集『瀬音』(平成九年)では、「皇后陛下御歌集」と記されるのみで、どちらにも著者名の記載がありません。もちろんお二人は、わざわざ名前を記さないでも、その歌集が誰のものであるかは一目瞭然でしょう。

しかし、今回、私は著者としての美智子さまのお名前を記すことを、強くお勧めいたしました。「美智子」という名を持った一人の歌人の歌として、皇太子妃、皇后、上皇后などといったバイアスをかけずに、読者の目に届いて欲しいとの願いからです。美智子さまの御歌は、そのように読まれてこそ、本来の歌としての輝きを見せてくれる歌であると私は信じております。

具体的に作品を見ていくことにしましょう。

三日《みか》の旅終へて還らす君を待つ庭の夕すげ傾《かし》ぐを見つつ　　昭和四十九年

皇太子さまが「三日の旅」に出られた。それを一人御所で待っている折の歌です。三日といえども、一人待つ身には待ち遠しい時間でもあったのでしょう。お迎えのために(いそいそ、あるいはそわそわしながら)庭に出てみると、そこに夕すげが咲いていたというのです。単に咲いていたのではなく、「庭の夕すげ傾ぐを見つつ」が花の特徴をよく捉えています。茎ごと傾いでいるものもありますが、茎はまっすぐでも、花は少し傾いだように咲くのが夕すげです。このような一点の些細な発見が、歌をすっと立ち上がらせてくれます。

夕すげは、黄菅《きすげ》とも呼ばれますが、美智子さまの今回の歌集にも多く詠われています。歌集のタイトルに「ゆふすげ」を択ばれたのをみても、きっとお好きな花なのでしょう。

ひとところ狭霧《さぎり》流るる静けさに夕すげは梅雨《つゆ》の季《とき》を咲きつぐ　昭和五十年

夕暮れに浅間黄すげの群れ咲きてかの山すその避暑地思ほゆ　昭和五十六年

母の亡く父病むゆふべ共にありし日のごと黄すげの花は咲き満つ　平成九年

どれも静かな落ち着いた歌ですが、一首目は美智子さまの自然詠(自然、風景を詠った歌)の特徴をよく表しています。言葉がゆったりと滑らかで、どこにも窮屈な感じがしません。この一首では、先の「庭の夕すげ傾ぐを見つつ」と同じように、「ひとところ狭霧流るる」というこまやかな着眼によって、風景が眼に見えるように、いきいきと読者のなかに再現されるはずです。一般に自然詠はむずかしく、かなり習熟しないと作れないものと言われていますが、美智子さまの作品には、このような優れた自然詠が多くみられ、本歌集にもいくつも見つけることができるでしょう。

夕すげはまた、あとの二首のように作者の思い出とも深くつながった花でありました。

最後の一首は、母、正田富美子さんが昭和六十三年に亡くなり、残された父、正田英三郎氏の病気見舞いの折の歌でしょうか。この歌の作られた二年後に英三郎氏も亡くなりますが、作者は、父と一緒に居られる時間の短さを予感しつつ、少しでも長く一緒にいたいと思わずにはいられません。そんな時、そこに黄すげの花を見つけた作者の思いは、一気に父や母と「共にありし日」の記憶へと飛ぶことになります。健やかな両親とともに見た、かの日の黄すげ。黄すげ(夕すげ)は大切な思い出の花として咲き満ちていたのでしょう。

行くことの適《かな》はずありて幾度《いくたび》か病《や》む母のさま問ひしこの電話

昭和五十二年

母を思って切ない歌にこの一首があります。上句「行くことの適はずありて」は、皇太子妃となって、たとえ母が病に伏していても必ずしも自由に見舞いにも行けない我が身を詠っています。そんな母の容態がどうなのか、何度も電話で確認したのでしょう。自由な外出のままならない美智子さまにとって、電話は、外の世界につながる大切な存在であったに違いありません。

まなこ閉《と》ざしひたすら楽したのし君のリンゴ食《は》みいます音《おと》を聞きつつ　昭和五十一年

暁《あかつき》の色をもちたるハゼの名を和名アケボノと君なづけましき　昭和五十九年

どちらも皇太子さまを詠って、ほのぼのと相聞の思いが漂ってくる作品です。一首目はあえて破調を試みた作品になっていますが、第二、三句が思い切った表現になっています。まなこを閉ざして、傍らで「君」がリンゴを食べている音を聞いているのが「ひたすら楽したのし」と言うのです。御馳走さまといったところですが、愛する者の行為は、そのどれもが楽しく快く感じられる。そんな時間がずっと続いて欲しいといった、微笑ましくも率直な愛情表現の一首になっています。

二首目も、ハゼの一種に「アケボノ」との和名をつけられた「君」への誇らかな思い以外のものではありません。自らの夫が、学者としても多くの発見とすぐれた業績を残していることを、誰かに伝えずにはいられないといった思いでしょうか。

歌集『ゆふすげ』は、『瀬音』には収められずに残されていた歌が収録されていますが、それだけに、より率直な思いと、実感とリアリティのある歌が多いように感じられます。歌集『瀬音』に

癒えましし君が片へに若菜つむ幸おほけなく春を迎ふる　平成十五年

の一首があります。天皇陛下が前立腺がんの手術のため東大病院に入院され、退院されたときの歌。御所に帰って来られ、共に散歩しつつ若菜を摘むことのできる喜び、幸せを詠った一首です。同じ頃の歌が『ゆふすげ』にも収められています。

幾度《いくたび》も御手《おんて》に触るれば頷きてこの夜は御所に御寝《ぎょしん》し給ふ　平成十五年

「病院より一時還御」の題があるので、『瀬音』の一首よりは少し前の歌でしょう。久しぶりに御所に帰って来られた陛下は、寝る場所が変わり、心の昂ぶりもあってなかなか寝つか

れなかったのでしょうか。美智子さまは何度も陛下の手をとって、母親のようにその手をさすりながら、心をやすらかにしようとされたのでしょう。陛下は、美智子さまのそんな所作に深く頷いて、安心したかのように眠りに入っていかれた。ようやく眠りにつかれた陛下の傍に、美智子さまはいつまでも付き添いながら、お顔を見つめておられたのかもしれません。そんな情景がくっきりと浮かび上がってくるような一首であり、それぞれの思いがほのぼのと詠い納められた一首として、記憶に残る優れた歌であると思います。

このように『ゆふすげ』には、自らの思いをより直截に述べた歌が多いという印象を受けます。伴侶を案ずる思い、そして子どもをあやすように眠りに導こうとされた美智子さまの所作を歌のなかに読むとき、私たちは、皇后陛下美智子という存在を意識することなく、夫を案じる一人の女性として、私たちと同じ地平で、その存在をいきいきと感じとることができるはずです。

美智子さまはもともと、日常の言葉では表現できないような感情の機微を、歌の言葉として定着させるのに長けた歌人でありましたが、この度の歌集『ゆふすげ』では、よりプライベートな領域での、伴侶や家族に向けた思いが率直に表現されていて、いっそう身近な存在として感じることができるように思われます。

それとともに、社会に向けられた視線も、依然として大切なことを訴え、伝え続けておられるように作品からは感じられます。


被災地に手向《たむ》くと摘みしかの日より水仙の香は悲しみを呼ぶ　平成九年

平成七年一月十七日早朝、京阪神を襲った阪神・淡路大震災では、その二週間後に両陛下が被災地を訪問されました。神戸市長田区の菅原市場と呼ばれた一画も、ほぼ焼失していましたが、そちらに向かって深く長く頭を下げられ、そのあと美智子さまは、その朝皇居で手ずから摘まれた水仙を、菅原市場の前の瓦礫の上に手向けられました。これは後に復興のシンボルともなりましたが、水仙は十七本。この数には、震災の記憶を風化させてはならないとの思いがあったに違いありません。

二年後の平成九年に、その時を思ってお詠みになったのがこの一首です。被災地に十七本の水仙を手向けてより、水仙の香を感じるたびに、あの震災の日の驚きと憂い、被災地訪問の日の悲しみが新たによみがえってくるというのです。水仙の香に出会うたびに悲しみがよみがえると詠われる背景には、私たちはこの災害を、そして不幸にして犠牲になられた方々を決して忘れてはならないという強いメッセージが含まれているのでしょう。困難な状況にある人々に常に「寄り添う」こと、そして、大きな災害や戦争の悲劇を国民と共有し、それらを決して風化させない、「忘れない」ということ、この二つのメッセージは、平成の両陛下が象徴とは何かを突き詰めて考えてこられたなかで、もっとも大切にしてこられた姿勢であると私は考えております(拙著『象徴のうた』角川新書)。先にあげた一首もまた、端的にそのことを示した作品であると思います。

帰り得ぬ故郷《ふるさと》を持つ人らありて何もて復興と云ふやを知らず　平成二十六年

この一首は、平成二十三年の東日本大震災の被災者を詠ったものでしょう。被災後、二年、三年を経ると、新聞やテレビ、政府もできるだけ「復興」という言葉を使って、被災地がその打撃から順調な回復を遂げていることを強調するようになります。人々を元気づけるために必要な姿勢ではありますが、美智子さまのこの一首は、そのような「復興」という言葉の安易な使用に対して、鋭く警鐘を鳴らすものともなっています。原発事故の影響も含めて、故郷に帰ることのできないこれだけ多くの人がいるなかで、何をもって「復興」と言えるのだろうかと、強い疑問を呈しているのがこの一首なのです。

マスメディアや政府発表の論調に流されないで、自らの目でしっかりと現状を見つめていくというこの姿勢から、そして歌から、私たちは多くを学ぶことができるはずです。昭和、平成、そして令和という時代を通じて、私たちが美智子さまの御歌から得てきたものは、得ることができるものは、限りなく大切で大きなものと思わざるを得ません。

歌集『ゆふすげ』からは、私自身、まだまだ挙げて論じたい歌が多くあるのですが、あまりに多くの言を弄することは、優れた歌に対して失礼以外のものではありません。本歌集『ゆふすげ』に収録された多くの歌を介して、〈歌人美智子〉の豊かな世界をより深く感じていただくことを切に願っております。

（歌人・細胞生物学者）

歌集 ゆふすげ

2024年12月23日　第1刷発行
2025年 2 月14日　第3刷発行

著　者　美《み》智《ち》子《こ》

発行者　坂本政謙

発行所　株式会社 岩波書店
〒101-8002 東京都千代田区一ツ橋 2-5-5
電話案内 03-5210-4000
https://www.iwanami.co.jp/

本文印刷・精興社　付物印刷・半七印刷　製本・牧製本

ISBN 978-4-00-025435-9　　Printed in Japan